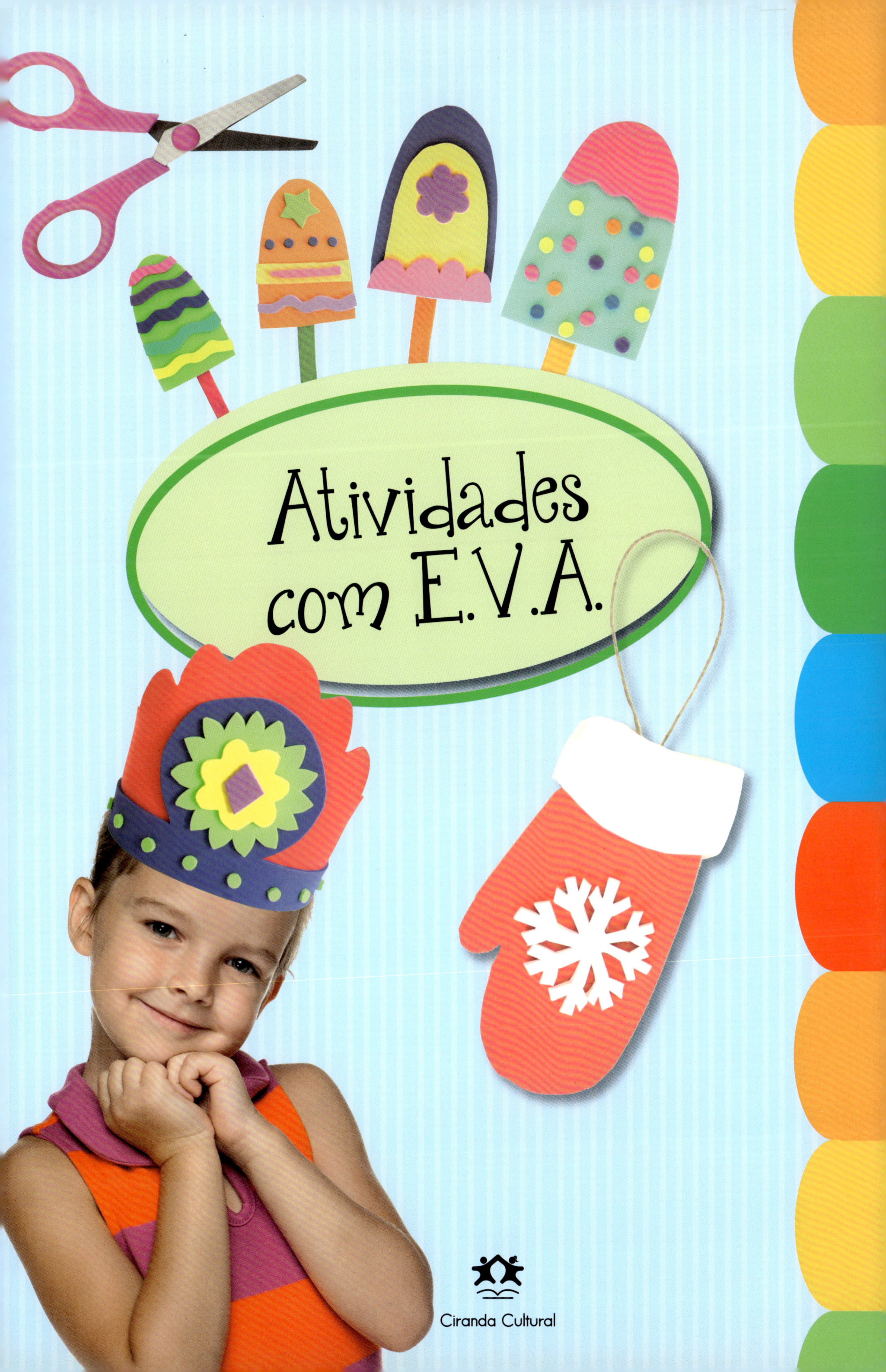
Atividades com E.V.A.
Ciranda Cultural

Conheça o E.V.A.

O **E.V.A.** é um dos materiais mais utilizados em artesanatos, pois possui características que o tornam muito apropriado para esse tipo de trabalho: é fácil de cortar (mas não rasga facilmente ao ser esticado) e colar, é lavável, maleável, atóxico e reciclável (ou seja, não prejudica o meio ambiente). Materiais feitos com E.V.A. podem durar bastante tempo em bom estado.

Você pode encontrá-lo em lojas de artesanatos ou papelarias, e ele vem nos seguintes formatos*:

- Folhas de 60 cm x 40 cm com 2 milímetros de espessura.
- Folhas de 70 cm x 100 cm com 2 milímetros de espessura.

Para criações maiores

- Folhas no tamanho A4 e A3 com 1 e 2 milímetros de espessura.

Para criações pequenas ou médias

* Existem vários tamanhos e formatos, mas esses são os mais fáceis de encontrar e os que você precisará para fazer as criações apresentadas neste livro.

Guarde as folhas enrolando-as (não as dobre, para que não fiquem marcadas) e coloque-as em uma sacola para que fiquem protegidas do pó.

Dicas úteis

- Coloque um papelão sobre a sua mesa de trabalho para não danificá-la.
- Para aproveitar bem as folhas de E.V.A., desenhe os moldes de que vai precisar para o seu projeto e distribua-os de modo que sobre o menos possível de material.

Materiais necessários

Lápis

Canetinhas coloridas

Tesoura sem ponta

Para fazer os projetos propostos neste livro, serão necessários esses materiais. Com certeza, você já deve ter muitos deles em casa!

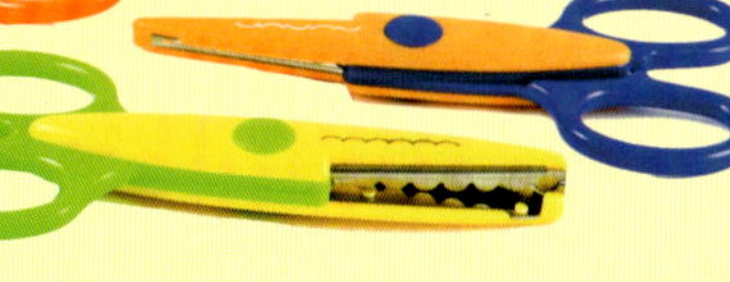

Tesouras artesanais

Perfurador de papel

Cola de silicone líquida

Tesoura com régua

Grampeador

Peça sempre a ajuda de um adulto para usar as **tesouras** e tenha cuidado para não se machucar.

Antes de usar a **cola de silicone**, leia atentamente as instruções na embalagem do produto para usá-la corretamente; além disso, procure utilizá-la em um lugar ventilado.

Coroa
para a realeza

Quer sair fantasiado de princesa ou príncipe, mas não tem coroa? Não se preocupe! Você vai aprender a fazer esse acessório real de forma rápida e simples.

Materiais

- *Grampeador*
- *Cola de silicone líquida*
- *Tesoura*
- *Folhas de E.V.A. coloridas (60 cm x 40 cm e A4)*
- *Barbante* • *Lápis*

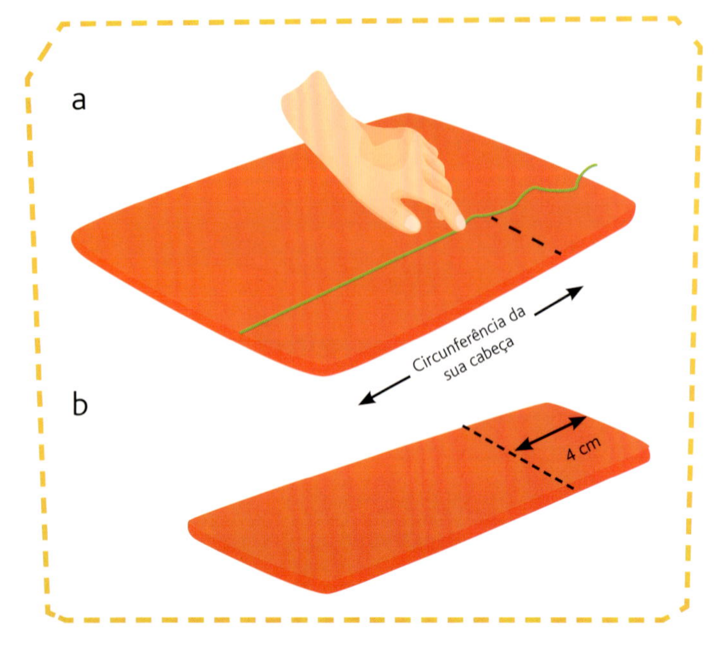

1 Para começar, escolha a cor de fundo da coroa (a parte principal); neste caso, o vermelho. Meça a circunferência da sua cabeça com a ajuda de um barbante. Depois, coloque-o esticado sobre o E.V.A. de cor vermelha e marque essa distância (a). Aumente mais 4 cm, necessários para ter espaço para prender as duas pontas, e recorte um retângulo dessa largura (b). Para a altura da coroa, você pode escolher o tamanho que quiser.

2 Depois de recortado o retângulo, desenhe sobre ele a forma da coroa que quiser (picos, triângulos, arcos ou o que vier à sua cabeça). No caso da figura escolhida para este passo a passo, há arcos no centro e uma tira reta na borda. Feito o desenho, recorte em cima da linha que acabou de fazer.

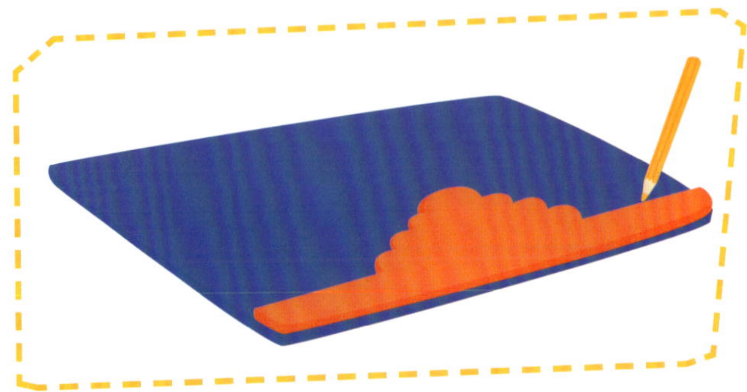

3 Depois de cortar a base da coroa, será preciso enfeitá-la. Seguindo este modelo, você vai aprender a fazer um medalhão no centro que se une a uma tira que rodeia a coroa. Coloque a base sobre a folha azul e desenhe a forma, contornando a borda exterior.

Dica!

Na hora de recortar, é melhor mover o E.V.A., e não a tesoura. Assim, você vai conseguir um corte mais preciso e fácil.

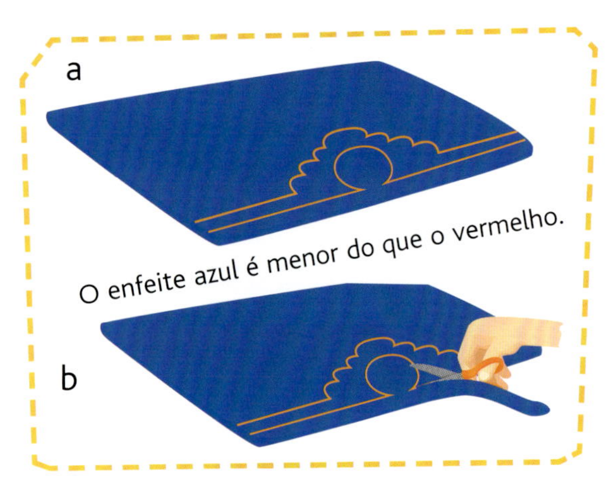

4 Retire a peça vermelha e desenhe a forma desejada dentro do contorno que traçou no passo anterior (a). Depois, recorte-a. (b).

5 Com as duas peças recortadas, cole a forma azul sobre a vermelha, como indicado na imagem.

6 Recorte um círculo verde menor que o círculo da figura azul, e um círculo amarelo menor do que o verde. Recorte também a forma de um losango na folha roxa (a). Depois, no círculo verde, faça desenhos de arcos, terminando em pontas, e recorte de fora para dentro, para fazer uma flor. Faça o mesmo com o círculo amarelo, mas, desta vez, os arcos serão arredondados (b). Em seguida, cole a peça amarela sobre a verde, e a roxa sobre a amarela (c). Quando tiver formado o medalhão, cole-o sobre o círculo azul do centro da coroa.

Este é o resultado!

7 Corte pequenos círculos verdes e cole-os ao longo de toda a peça azul, como se fossem esmeraldas. Por fim, coloque a coroa sobre a sua cabeça, juntando as duas pontas, uma sobre a outra, e prenda-as com o grampeador. O objetivo é que você consiga retirar e colocar a coroa sem dificuldade.

Outro modelo

Use folhas de 60 cm x 40 cm para fazer os dois modelos!

Faça este outro modelo de coroa:

1. Escolha a cor de fundo que mais gosta (no caso da imagem ao lado, o roxo); para saber o tamanho que vai precisar, siga o passo número 1 da coroa anterior.
2. Depois de recortar o retângulo roxo, desenhe na parte superior um triângulo grande com a ponta arredondada e corte a peça seguindo o desenho.
3. Na folha de E.V.A. verde, desenhe pequenos arcos na parte superior, corte a peça e cole-a na folha roxa.
4. Em uma folha de E.V.A. amarela, recorte uma meia estrela, como a da imagem, e cole-a na peça roxa.
5. Para finalizar, recorte um losango no E.V.A. vermelho e pequenos triângulos no E.V.A. laranja, e cole-os para decorar a sua coroa. Para fechar a coroa, prenda as duas pontas com o grampeador.

Coroa pontuda

A seguir, outro modelo de coroa, agora mais pontuda:

1. Escolha a cor de fundo que mais gosta (no caso da imagem ao lado, o laranja); para saber o tamanho que vai precisar, siga o passo número 1 da primeira coroa.
2. Depois de recortar o retângulo laranja, desenhe pontas na parte superior da peça e corte seguindo a linha feita.
3. Em uma folha de E.V.A. verde, desenhe pontas menores e irregulares; corte a peça e cole-a na folha laranja.
4. Em seguida, recorte formas diferentes: estrelas, círculos etc., e cole-as nas pontas para enfeitar a coroa (veja o modelo). Para finalizar, prenda as duas pontas da coroa com o grampeador.

Ímãs de geladeira

Que divertido vai ser decorar a geladeira com ímãs! Crie os seus fazendo estes sorvetes de E.V.A. multicoloridos!

Materiais

- 4 palitos de sorvete coloridos
- Folhas de E.V.A. coloridas (A4)
- Cola de silicone líquida
- Tesoura
- Perfuradores de papel
- 4 ímãs

1 Escolha quatro cores que irá utilizar para a base dos sorvetes (damos algumas sugestões ao lado) e desenhe com linhas tracejadas a forma do picolé em cada uma das folhas. Em seguida, recorte todas elas. O ímã não deve ser muito grande para que fique escondido atrás da figura.

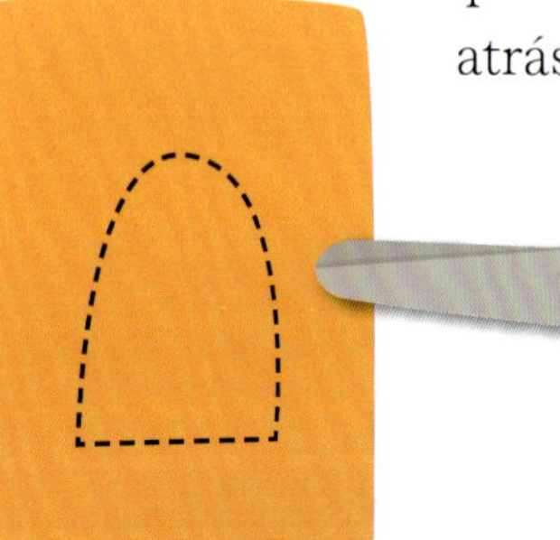

É só seguir o passo a passo!

Sorvete ondulado

Que sorvete delicioso!

2 Escolha uma base de sorvete que você recortou no passo anterior. Para decorá-lo, utilize várias folhas de E.V.A. de cores distintas e recorte-as em tiras onduladas (a). Depois, cole-as paralelamente sobre a base do sorvete, intercalando as cores sem repeti-las (b). Por fim, corte as laterais para que as tiras não ultrapassem a borda do sorvete (c).

Truque para fazer as ondas

Você pode conseguir o efeito ondulado utilizando uma tesoura artesanal com corte ondulado, que pode ser encontrada em papelarias. Há tesouras de muitas outras formas também!

Sorvete com flor

3 Pegue outra base (no modelo, azul-escura) e comece a decorá-la cortando uma peça de E.V.A. amarela com a mesma forma da base, só que um pouco menor. Para calcular o tamanho, coloque a base sobre a folha amarela e desenhe o contorno. Depois, desenhe uma linha por dentro, de modo que tenha a mesma forma. Em seguida, recorte e cole no centro da base (a). Corte também um retângulo de E.V.A. na cor rosa-clara, da mesma largura da base. Faça uma forma ondulada na borda superior e cole a peça sobre a parte amarela (b). Para finalizar, recorte uma flor de E.V.A. roxo e cole-a, como indicado na imagem (c). Corte as partes que restarem nas laterais de modo que não ultrapassem a borda da base.

Sorvete multicolorido

4 Escolha uma cor de base. Para fazer o efeito derretido, recorte na folha de E.V.A. cor-de-rosa uma peça igual à parte de cima do sorvete e faça na parte de baixo algumas ondulações, conforme a figura ao lado. Depois, cole a peça na base. Faça círculos coloridos com um perfurador de papel para enfeitar o sorvete.

Sorvete multiformas

5 Use a última base. Recorte uma tira amarela um pouco larga, e outra, mais estreita, rosa-clara. Cole a tira mais fina sobre a mais larga e cole-as na base com cola de silicone. Com o perfurador, faça pequenos círculos no E.V.A. azul-escuro. Depois, recorte uma estrela verde e uma onda na cor roxa (utilize as tesouras artesanais para fazer essa forma) e cole-as na base.

Que original!

6 Quando tiver terminado todos os sorvetes, cole o palito na parte de trás de cada um e, em seguida, cole o ímã (verifique antes o lado correto).

Caixinha
de tesouros

Aprenda a construir uma caixa incrível para guardar todos os seus tesouros. E sabe com o quê? Com palitos de sorvete!

Materiais

- *Palitos de sorvete coloridos (12 azuis-claros, 12 azuis-escuros, 11 laranja, 11 roxos, 10 verdes, 10 amarelos)*
- *Colas branca e de silicone líquida*
- *Perfurador de papel*
- *Folhas de E.V.A. coloridas (A4)*

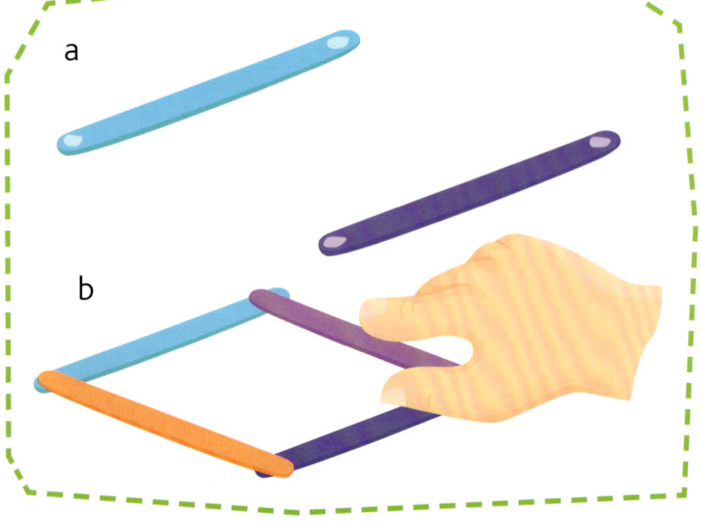

1 Para começar, você vai precisar de quatro palitos: azul-claro, azul-escuro, roxo e laranja. Coloque os palitos azul-claro e azul-escuro sobre uma superfície lisa, paralelamente. Em seguida, passe um pouco de cola branca em cada ponta (a). Depois, coloque os palitos roxo e laranja sobre os pontos com cola, formando um quadrado (b).

2 Passe cola branca nas pontas dos palitos que acabou de colocar (a) e cole um palito azul-claro sobre o azul-escuro e um palito azul-escuro sobre o azul-claro (b). Seguindo essa mesma ordem, cole todos os palitos, intercalando as cores, até acabar ou alcançar a altura desejada (c).

3 Para fazer a base, use palitos de modo a cobrir todo o espaço. Para isso, pegue os palitos amarelos e verdes e cole-os entre os que ficaram nas laterais, como indicado na imagem.

4 Para fazer a tampa, repita os passos 1(a) e 1(b). Uma vez que tenha os quatro palitos unidos (a), cole os palitos verdes e amarelos até cobrir todo o espaço, como feito para a base da caixa (b).

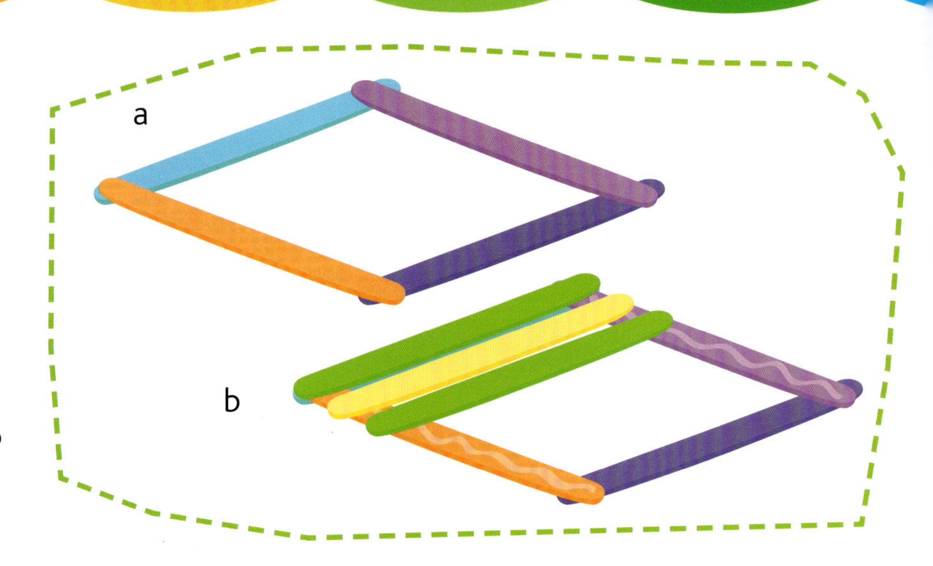

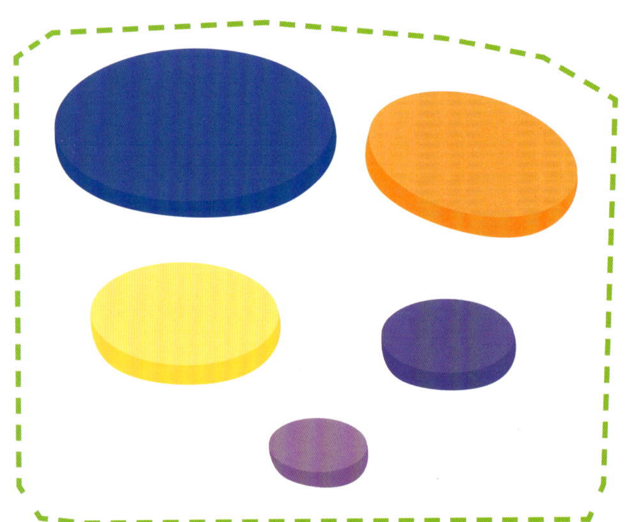

5 A decoração é o toque final e, para isso, você vai precisar do E.V.A. Você pode seguir o modelo ou usar a sua imaginação. Primeiro faça cinco círculos coloridos de tamanhos diferentes (aqui damos sugestões de cores). O círculo maior deve ter quase o mesmo tamanho da tampa da caixa, e os demais devem ir diminuindo de tamanho.

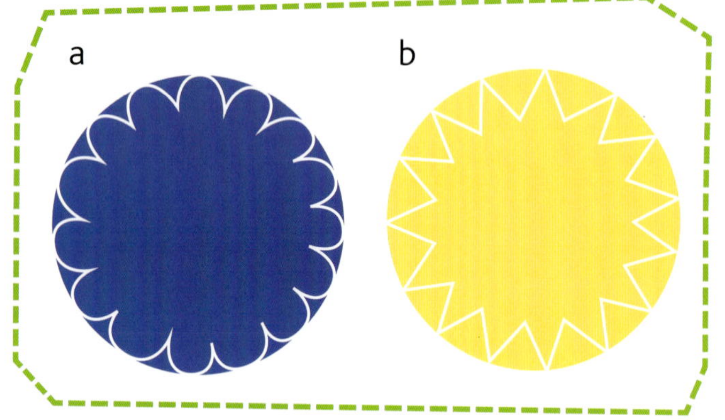

¡Este es el resultado del paso 6!

6 Para fazer a flor, desenhe pequenas ondas no círculo azul, seguindo a linha branca (a). Depois, recorte e cole-a no centro da tampa da caixa. Cole o círculo laranja sobre a flor azul. Em seguida, recorte o círculo amarelo, fazendo uma estrela de várias pontas, como mostrado na imagem (b), e cole-a sobre o círculo laranja.

7 Cole, sobre a estrela amarela, os outros dois círculos menores que restaram, o menor sobre o maior. Com o perfurador de papel, recorte pequenos círculos na folha de E.V.A. verde e decore com eles a flor.

O que guardar na caixa?

Isso depende da altura que você fizer a caixa (você pode deixá-la mais alta utilizando mais palitos). Abaixo, estão algumas ideias.

1. **Colares, anéis, brincos, pulseiras...**
   Sua caixa de tesouros pode ser seu porta-joias!
2. **Moedas e notas de dinheiro**
   Você pode transformá-la em um cofrinho e ir guardando dinheiro.
3. **Elástico, borracha, apontador, clipes...**
   Um lugar para guardar suas coisas da escola! (Se colocar clipes, tome cuidado para que eles não fiquem presos entre os palitos).

Tiaras com decoração floral

Enfeite o seu cabelo com estas lindas tiaras feitas por você mesma! Suas amigas vão amar, e você ainda pode presenteá-las com uma tiara personalizada!

Materiais

- *2 tiaras lisas (azul e laranja)*
- *Cola de silicone líquida*
- *Tesoura*
- *Folhas de E.V.A. coloridas (A4)*
- *Perfurador de papel*

Tiara azul

1 Antes de começar, é importante escolher o tamanho desejado para fazer a flor laranja, que servirá de base para as demais peças. Para isso, coloque a folha de E.V.A. sobre a sua cabeça para calcular o tamanho. Depois, recorte um círculo na folha laranja do tamanho que desejar. Recorte, na folha de E.V.A. azul, outro círculo, mas este deverá ser 1,5 cm maior que o círculo laranja. Em seguida, desenhe as formas como indicado na imagem (dois tipos de flor) e recorte-as.

2 Depois de cortar as duas peças, coloque a azul sobre a laranja, de forma que as duas fiquem bem centralizadas. Tente fazer o encaixe como mostrado na imagem (perceba que a cor azul deve sobressair à cor laranja).

Que grande ideia!

Se para você é um pouco complicado desenhar diretamente sobre o E.V.A., crie moldes de papel:

- Usando lápis, desenhe as formas que deseja em um papel.
- Recorte-as com a tesoura.
- Coloque as figuras sobre a folha de E.V.A. e faça o contorno do molde. É bem mais fácil e você poderá guardá-los para usar em outras criações!

3 Recorte um círculo azul-claro, 1,5 cm menor do que o círculo laranja, e deixe a borda ondulada, como indicado na imagem. Por último, cole a peça em cima da flor laranja e azul-escura com cola de silicone.

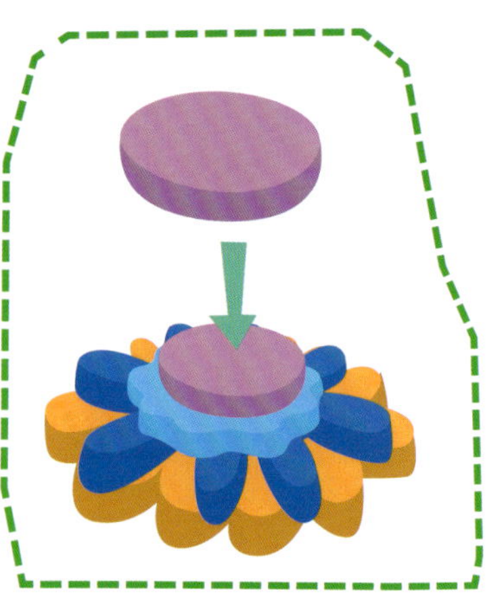

4 Recorte um círculo no E.V.A. roxo, ainda menor que o círculo feito no passo anterior, e cole-o sobre a peça azul ondulada.

5 Para finalizar, recorte um círculo bem pequeno na cor amarela e cole-o sobre a peça roxa. Prenda o enfeite em cima da tiara com cola de silicone, em uma das laterais ou no centro, como preferir!

Tiara laranja

1 Para este desenho, use folhas de E.V.A. nas seguintes cores: azul-turquesa, amarelo, laranja, roxo e azul-escuro. Recorte um círculo na folha azul-turquesa para fazer a base do enfeite. Tenha em mente as orientações do passo 1 referente ao modelo anterior. Desenhe dentro dele um círculo 1,5 cm menor e, depois, recorte a borda, fazendo arcos pontudos, sem ultrapassar o círculo interno.

2 Agora, recorte um círculo amarelo, da mesma medida do círculo interno feito na folha anterior, e cole-o em cima da flor turquesa.

3 Recorte um círculo roxo menor que o anterior. Desenhe um círculo interno e recorte a borda em forma de ondas. Depois, recorte um círculo laranja menor que o roxo.

4 Cole o círculo laranja sobre a peça roxa. Com um perfurador de papel, corte um círculo azul-escuro e cole-o sobre o círculo laranja. Para finalizar, prenda o enfeite em cima da tiara com a cola de silicone.

Outros desenhos

Há diversas opções para decorar uma tiara lisa. Abaixo, segue uma nova ideia de enfeite.

1. Use uma tiara cor-de-rosa para a base.
2. Recorte um círculo roxo (siga o passo 1 dos modelos anteriores) e outros dois 1,5 cm menores, nas cores lilás e azul-claro. Cole a peça azul-clara sobre a roxa.
3. Na peça lilás, recorte a borda na forma de zigue--zague para fazer uma estrela com várias pontas e cole sobre a peça azul-clara.
4. Recorte três círculos: laranja, amarelo e vermelho, do maior para o menor (veja o exemplo). Em seguida, cole-os sobre a estrela. Prenda, com a cola de silicone, o enfeite na tiara, na parte que desejar.
5. Se quiser, você pode usar outras cores de E.V.A. e fazer o seu enfeite personalizado!

Use folhas no tamanho A4!

Dedoches de animais

Estes divertidos dedoches serão os companheiros perfeitos para as suas peças de teatro. Você só vai precisar de um roteiro... Invente uma história incrível com estes personagens!

Materiais

- Folhas de E.V.A. coloridas (A4)
- Tesoura • Cola de silicone líquida
- 4 olhos de plástico • Grampeador
- Perfurador de papel • Canetinhas

Sapinho

1 Faça uma linha tracejada com a forma da cabeça de um sapo na folha de E.V.A. verde: um círculo grande para a cabeça e dois menores para os olhos. Recorte a forma desenhada.

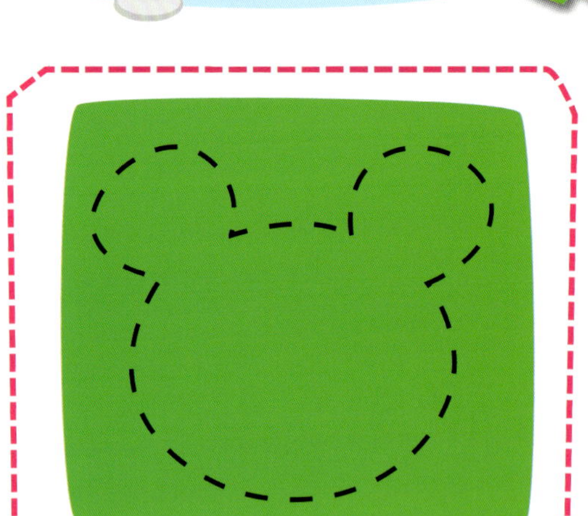

2 Cole os olhinhos sobre a peça verde, na parte superior da figura. Para isso, coloque dois pequenos pingos de cola no centro de cada círculo e depois espere secar.

3 Use E.V.A. verde-escuro para fazer o nariz. Com o perfurador, faça dois círculos pequenos e cole-os na parte central da carinha do sapo.

4 Para finalizar, desenhe a boca com canetinha; faça a expressão que quiser: feliz, zangado...

Passo final!

Para fazer o corpo do dedoche, onde você colocará o dedo, corte um quadrado de E.V.A. da cor do personagem, com a medida de 5 cm x 5 cm, enrole-o e prenda-o com um grampeador. Por fim, cole a parte de trás da figura na parte superior do rolinho. Repita esse passo ao final de cada dedoche!

Gatinho

1 Para fazer o gatinho, você vai precisar de uma folha de E.V.A. laranja. Desenhe com linhas tracejadas a cabeça do animal, como feito no passo 1 do modelo anterior.

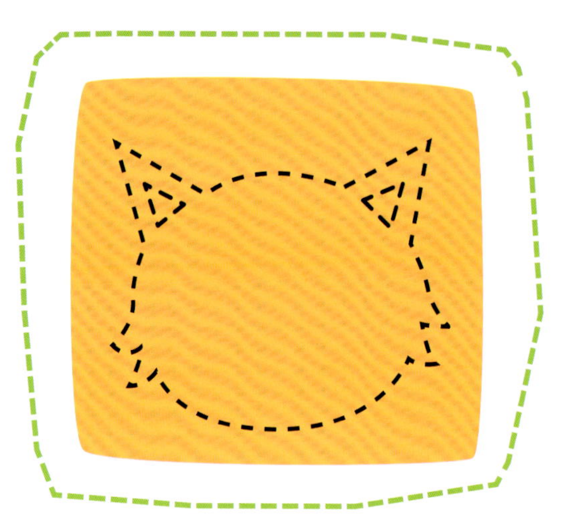

2 Para fazer o focinho, corte as formas, indicadas na imagem ao lado, nas cores correspondentes (bege e marrom) e cole-as como mostrado.

3 Para fazer o interior das orelhas, corte pequenos triângulos marrons e cole-os na parte superior da figura, de modo centralizado. Depois, cole os olhinhos de plástico ao lado do focinho.

4 Desenhe a boca com uma canetinha e faça a expressão que quiser. Para finalizar, faça o corpo como explicado na página anterior.

Peça de teatro animal

Você pode criar outros animais para sua peça de teatro. Na imagem acima, você encontrará algumas ideias de como fazer um porquinho, um urso ou uma vaca. Os passos para fazer esses novos personagens são muito parecidos com os anteriores. Com um pouco de observação e criatividade, você conseguirá fazê-los! Abaixo, você encontrará ideias de títulos para inventar a história de sua peça; escreva-a abaixo e marque os personagens que farão parte dela!

Os animais da fazenda

Sapo ◯ ______________________
Porco ◯ ______________________
Urso ◯
Vaca ◯ ______________________
Gato ◯ ______________________

Aventuras na floresta

Sapo ◯ ______________________
Porco ◯ ______________________
Urso ◯
Vaca ◯ ______________________
Gato ◯ ______________________

Enfeites de Natal

Decore a sua árvore de Natal com estes enfeites originais. Você também pode usá-los para decorar as paredes do seu quarto!

Materiais

- *Perfurador de papel*
- *Folhas de E.V.A. coloridas (A4)*
- *Tesoura* • *Barbante*
- *Cola de silicone líquida*
- *Olhos de plástico*

Árvore

1 Utilize a folha de E.V.A. verde e faça a forma da árvore: basta desenhar três triângulos e um retângulo (a). Corte a figura, seguindo a linha de fora (b).

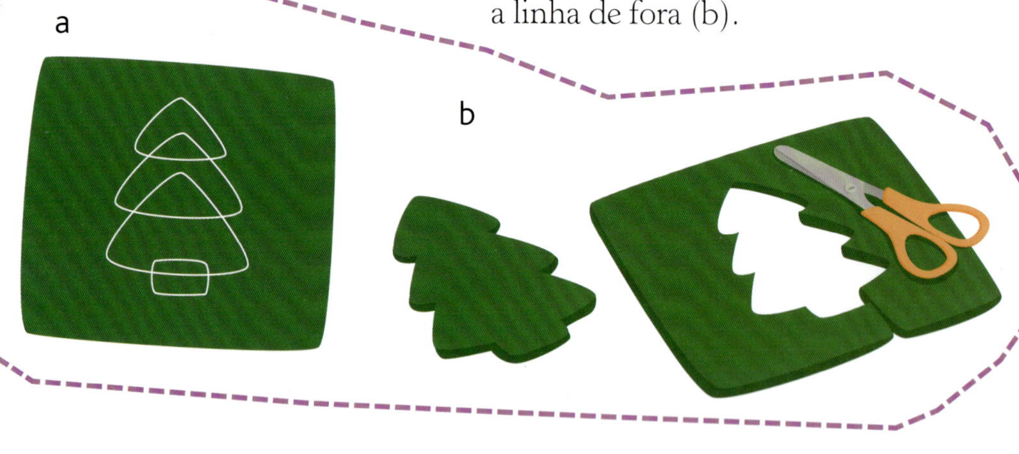

2 Para as faixas, corte três tiras de E.V.A. laranja com formato ondulado, como mostrado na imagem (a). Cole-as sobre a árvore e corte as laterais para que elas não ultrapassem a borda da figura (b).

3 Com o perfurador de papel, corte vários círculos no E.V.A. amarelo e vermelho e cole-os aleatoriamente sobre a árvore, como se fossem as bolas de Natal.

4 Desenhe sobre o E.V.A. amarelo uma estrela pequena e recorte-a. Depois, cole-a na parte superior da árvore.

Utilize sua criatividade para fazer muitos outros modelos de enfeites!

Hora de prender os enfeites!

Corte um pedaço de barbante de aproximadamente 20 cm e cole-o no enfeite com a cola de silicone. Assegure-se de que esteja bem colado, para que o enfeite não caia da árvore.

Boneco de gengibre

1 Desenhe o contorno do boneco no E.V.A. marrom (a): para isso, será mais fácil desenhar um círculo e um triângulo (em vermelho) e depois terminar a forma (em preto). Em seguida, recorte-o (b).

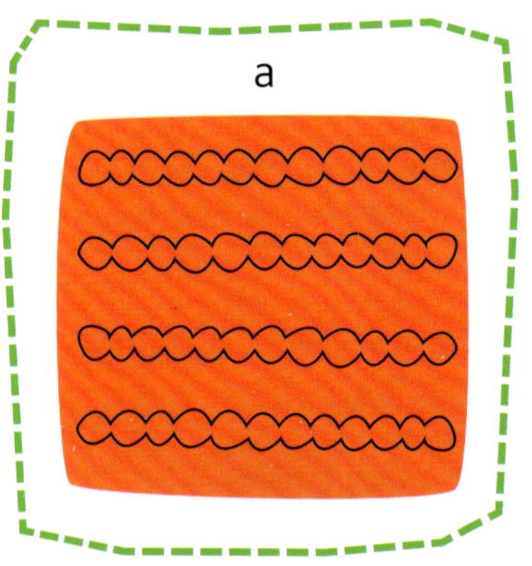

2 Recorte quatro tiras vermelhas no formato de bolinhas, como indicado na imagem (a). Depois, cole parte delas nos braços e nas pernas do boneco, evitando que elas ultrapassem a borda da figura (b).

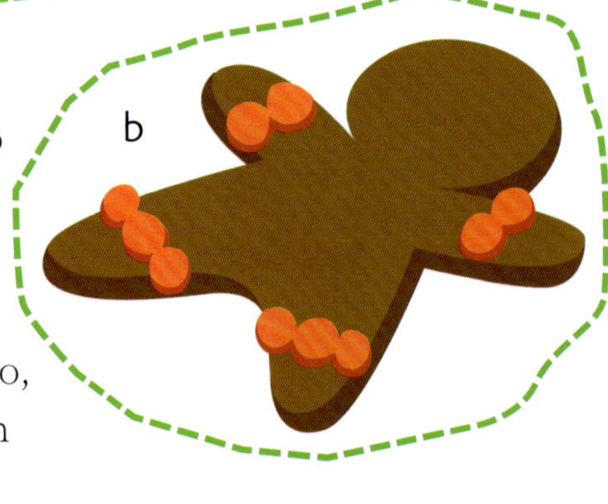

3 Faça uma boca sorridente sobre o E.V.A. vermelho e cole-a na cara do boneco. Cole também os olhinhos de plástico.

4 Para finalizar, use o perfurador de papel para cortar três círculos pequenos no E.V.A. verde. Cole-os no boneco para fazer os botões.

Utilize folhas no tamanho A4 para os dois modelos!

Meia de Natal

Faça esta meia divertida e colorida e pendure-a onde você quiser:

1. Desenhe a forma da meia sobre o E.V.A. vermelho e recorte-a.
2. Recorte várias tiras de E.V.A. verde e cole-as sobre a figura vermelha, como na imagem. Corte as partes que ficarem de fora.
3. Corte um pedaço de E.V.A. branco um pouco mais largo do que a parte superior da meia e cole-o na parte de cima da figura.
4. Para finalizar, corte um pedaço de barbante e cole-o na parte de trás da meia, de modo que não fique visível.

Luva natalina

Faça também este outro enfeite. Ele não pode faltar na sua árvore de Natal:

1. Desenhe a forma da luva sobre o E.V.A. vermelho e recorte-a.
2. Corte um pedaço de E.V.A. para fazer a faixa branca. Ela deve ser mais larga do que a parte superior da luva. Cole a faixa sobre a peça vermelha.
3. Desenhe um floco de neve (veja a imagem com atenção), recorte-o e cole-o na frente da luva.
4. Para finalizar, corte um pedaço de barbante e prenda-o na parte de trás da figura, com cola de silicone, de modo que não fique visível.

Máscara de Carnaval

Materiais

- *Placas de E.V.A. coloridas (70 cm x 100 cm)*
- *Tesoura* • *Fita ou elástico*
- *Cola de silicone líquida*

Essa máscara é o acessório perfeito para complementar a sua fantasia de Carnaval. É uma criação única e chamará a atenção de todos ao seu redor!

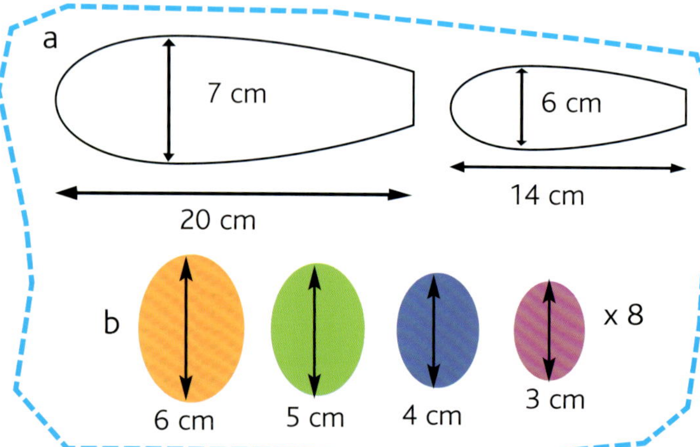

1 Para fazer as penas, corte 8 peças grandes na cor azul-turquesa e 7 menores na cor verde-clara, seguindo as medidas indicadas na imagem (a). Para enfeitar as penas maiores, recorte 8 formas ovais de cada uma das cores: laranja, verde-claro, azul e cor-de-rosa, nos tamanhos indicados (b).

2 Cole a forma oval laranja sobre cada pluma turquesa (a) e, sobre ela, cole a forma verde, deixando as bordas inferiores na mesma direção (b). Sobre o verde, cole a forma azul, sempre mantendo alinhadas as bordas de baixo (c). Por último, cole a forma cor-de-rosa sobre a azul (d).

Dica!

Siga todos os passos sem pular nenhum, assim você não irá se perder antes de chegar ao resultado final. Esta criação é um pouco complexa.

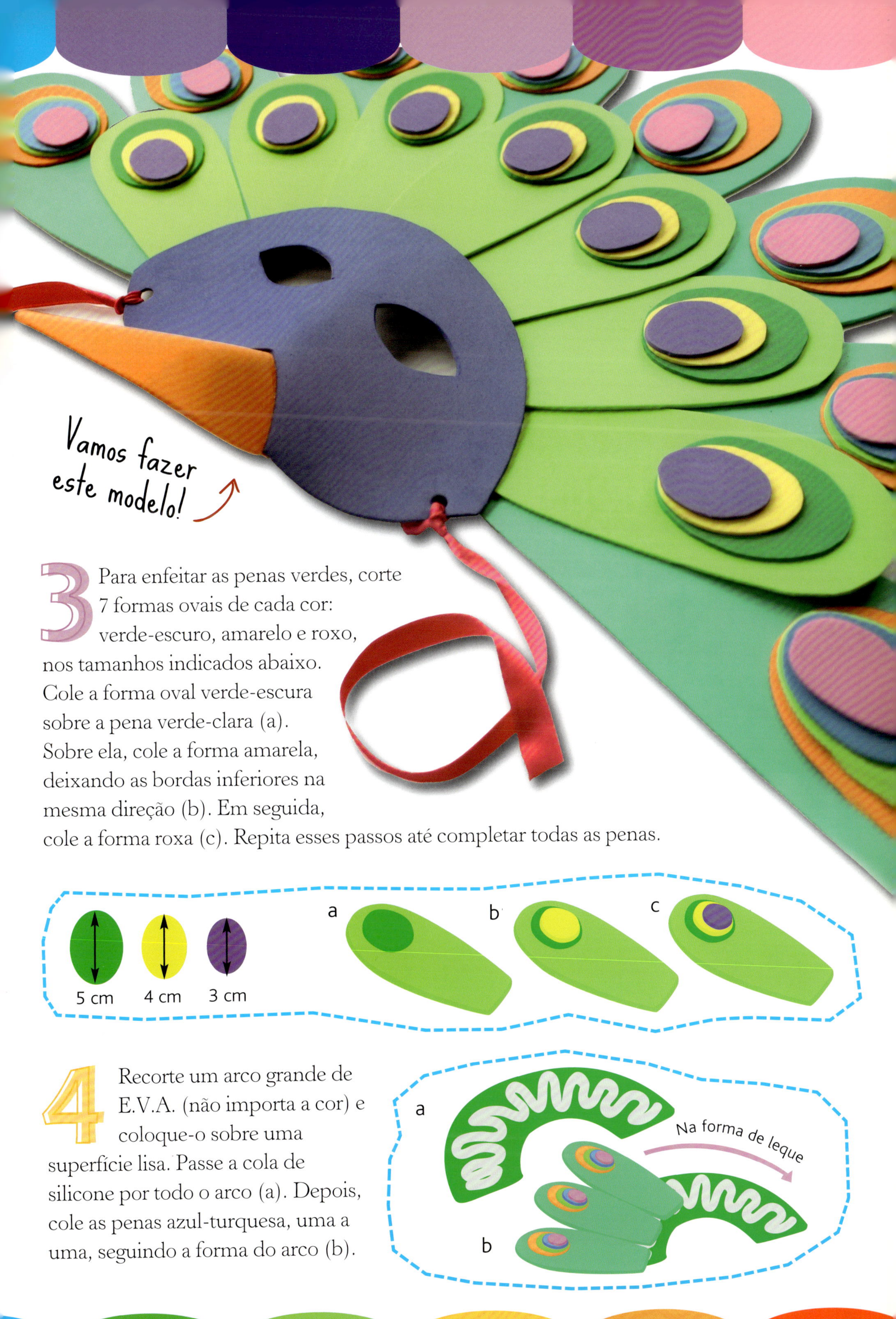

3 Para enfeitar as penas verdes, corte 7 formas ovais de cada cor: verde-escuro, amarelo e roxo, nos tamanhos indicados abaixo. Cole a forma oval verde-escura sobre a pena verde-clara (a). Sobre ela, cole a forma amarela, deixando as bordas inferiores na mesma direção (b). Em seguida, cole a forma roxa (c). Repita esses passos até completar todas as penas.

4 Recorte um arco grande de E.V.A. (não importa a cor) e coloque-o sobre uma superfície lisa. Passe a cola de silicone por todo o arco (a). Depois, cole as penas azul-turquesa, uma a uma, seguindo a forma do arco (b).

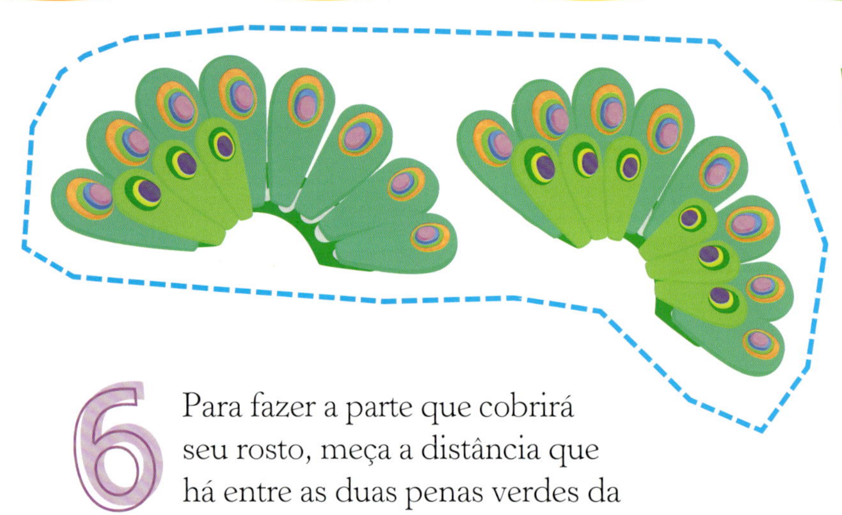

5 Uma vez que tenha colocado todas as plumas azul-turquesa, passe a cola de silicone na parte de trás das penas verdes. Vá colando uma pena verde entre duas penas grandes, de modo que se sobreponham um pouco. A última a ser colocada deve ser a pena do meio.

6 Para fazer a parte que cobrirá seu rosto, meça a distância que há entre as duas penas verdes da ponta, bem como a altura (a). Depois, acrescente 1,5 cm de altura e de largura, de ambos os lados (b). Desenhe a forma no E.V.A. azul, como mostrada na imagem abaixo (c). Para ter certeza de que o tamanho está correto, corte e coloque essa peça sobre a parte inferior das penas verdes, sobrepondo-a 1,5 cm para esconder o começo das penas (d).

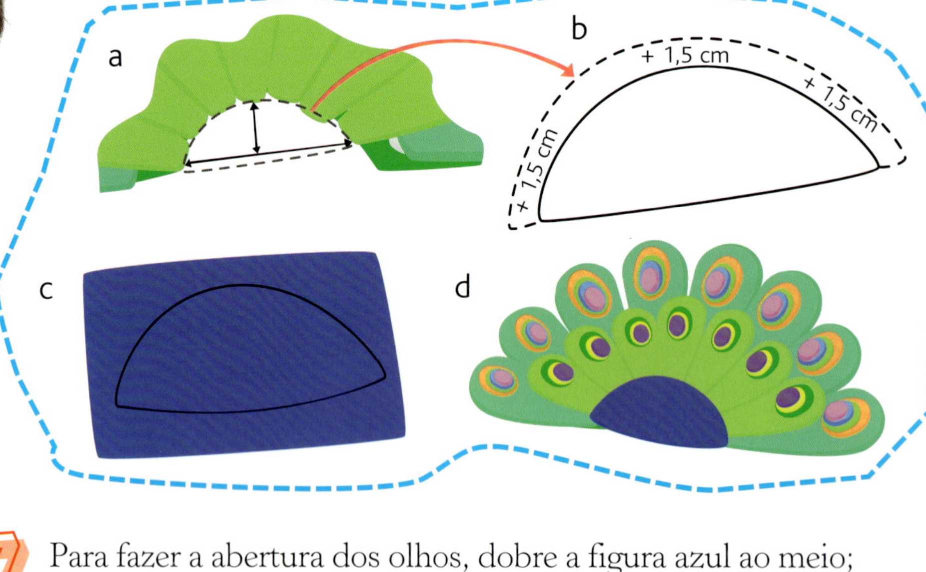

7 Para fazer a abertura dos olhos, dobre a figura azul ao meio; desenhe um olho a 8 cm da borda superior e a 1 cm da parte que foi dobrada (a). Depois, recorte-o (b). Volte a dobrar a peça pela metade e use a abertura que você fez para desenhar o outro olho (c). Desdobre e recorte-o. Dobre a peça azul novamente e corte, na forma de meia-lua, a região que foi dobrada para fazer a parte do bico (d).

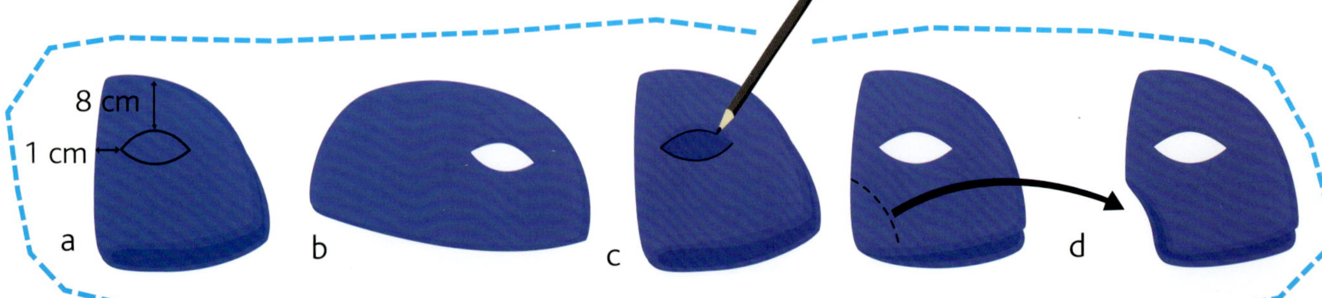

8 Corte um semicírculo laranja de acordo com as medidas abaixo e dobre-o ao meio (a). Dobre também a forma azul pela metade e coloque dentro dela a figura do bico, como indicado na imagem (b). Corte a figura laranja seguindo as linhas tracejadas para fazer corretamente a forma do bico (c). Depois, cole as duas figuras (d) e coloque algo pesado por cima para que as partes fiquem bem presas.

9 Depois de colar o bico ao rosto, junte essa peça às penas, na posição indicada no passo 6(d). Por fim, faça dois furos, um de cada lado da figura, com o perfurador de papel. Em seguida, amarre um elástico ou uma fita nos furos e dê um nó para que sua máscara fique firme no rosto.

Índice

Imagens: Marina Ruiz Fernández
Imagens adicionais: Arquivo LIBSA e Shutterstock
Projeto gráfico: Equipe editorial LIBSA

Tradução: Paloma Blanca Alves Barbieri
Preparação de texto: Nathalie Fernandes Peres

1ª Edição
www.cirandacultural.com.br